TABLEAUX

ET

DESSINS MODERNES

DONT LA VENTE AURA LIEU

Le Lundi 29 Janvier 1855, à deux heures

IMPRIMERIE
MAULDE ET RENOU
r. Rivoli 144.

CATALOGUE

DE

TABLEAUX

ET

DESSINS MODERNES

DONT LA VENTE AURA LIEU

Le Lundi 29 Janvier 1855, à deux heures,

HOTEL DES COMMISSAIRES-PRISEURS

RUE DROUOT, N. 5

Grande Salle dite des Séances, au (*).

Par le ministère de M° POUCHET, Commissaire-Priseur,
rue Saint-Honoré, 335,

SOUS LA DIRECTION DE M. RIDEL,

Assisté de M. Francis PETIT, Appréciateur,
boulevart Poissonnière, 24.

———

EXPOSITION PUBLIQUE,

Le Dimanche 28 Janvier 1855, de midi à cinq heures.

PARIS

MAULDE & RENOU

IMPRIMEURS DE LA COMPAGNIE DES COMMISSAIRES-PRISEURS,
rue de Rivoli, 144.

M DCCC LV

CONDITIONS DE LA VENTE

Elle sera faite au comptant.

Les acquéreurs paieront, en sus des adjudications, cinq centimes par franc, applicables aux frais.

DESSINS

ALIGNY.

1 — Vue du Couvent de St-Benedetto, à
    Subiaco.   Dessin.

2 — Une Villa en Italie.   Dito.

BIDA.

3 — Arabe fumant son chibouck.   Dessin.

BONNINGTON.

4 — Marine.   Aquarelle.

5 — Intérieur de Port.   Dito.

6 — Une ville de Suisse, *vente Decamps.*   Sépia.

BOULANGER (Elise).

7 — La jeune convalescente.   Aquarelle.

BORGET.

8 — Mosquée.   Aquarelle.

BOISSIEU.

9 — Moines en prière.   Eau forte rehaussée.

CABAT.

10 — La Ferme.   Pastel.

CATTERMOLE.

11 — Épisode de l'histoire d'Angleterre.   Aquarelle.

CHARLET.

12 — Le vieil Amateur.   Sépia.

COIGNET (Léon).

13 — La Défense de Paris.   Aquarelle.

COIGNET (Jules).

14 — Paysage.   Aquarelle.

DAVID (Louis).

15 — Petite bucheronne.   Aquarelle.
16 — Le Perroquet.   Dessin rehaussé.

DECAMPS.

17 — Bataille des Cimbres.   Croquis rehaussé.
18 — Vue d'Italie, vente Decamps.   Dessin.
19 — Pirate grec.   Aquarelle.

20 — Ruines en Italie, *vente Decamps*. Des. rehaussé.
21 — Étude de femme, dito. Dito.
22 — Femmes italiennes, deux croquis. Dessins.
23 — Polyphème, *vente Decamps*. Dessin rehaussé.

DELACROIX (EUGÈNE).

24 — Jeune page tenant un cheval. Aquarelle.

DELACROIX (AUGUSTE).

25 — Le Chapelet. Aquarelle.

ENFANTIN.

26 — Le Passage du gué. Sépia.
27 — Vue de Suisse. Sépia.

FIELDING (NEWTON).

28 — Bécasses. Aquarelle.

FEUCHÈRE.

29 — Deux croquis. Dessins.

FORT (TH.).

30 — Charge de cavalerie. Aquarelle.

GRANDVILLE.

31 — Les Fléaux, caricature politique. Dessins.
32 — Le Banquet, dito. Dito.

GUÉRARD.

33 — Les Touristes.   Aquarelle.

GUET.

34 — Pêcheuse.   Aquarelle.

GUDIN.

35 — Les Pirates.   Aquarelle.
36 — Entrée de port, marine.   Dito.

HÉROULT.

37 — Plage avec figures.   Aquarelle.

HOGUET.

38 — Femmes de pêcheurs.   Quatre aquarelles.
39 — Le Moulin.   Dito.

ISABEY.

40 — Un Seigneur.   Aquarelle.

JOHANNOT (Tony).

41 — Pâtres de la vallée d'Ossau.   Aquarelle.
42 — Une partie de pêche.   Dito.
43 — Sujet tiré de la *Nouvelle Héloïse*.   Sépia.

JOURDY.

44 — Le Lever.   Pastel.

JUSTIN OUVRIÉ.

45 — Vue de Naples.   Aquarelle.

LAPITO.

46 — Intérieur de forêt.   Sépia.

LÉCURIEUX.

47 — Louis XI.   Dessin.
48 — Le duc d'Egypte, *Notre-Dame de Paris.*   Dito.

MARSAUD.

49 — Jalousie.   Aquarelle.

MARTIN (Ch.).

50 — Intérieur d'église.   Aquarelle.

MORIN.

51 — Le Souvenir.   Dessin rehaussé.
52 — Les Noisettes.   Dito.

RIECK.

53 — Plage, soleil couchant.   Aquarelle.

ROQUEPLAN.

54 — Paysage.   Aquarelle.

55 — Bords de la Loire.   Dessin.

SOULÈS.

56 — Le Pont-Neuf.   Aquarelle.

SCHEFFER (Ary).

57 — Le vieux soldat.   Aquarelle.

WATTIER.

58 — Mélodie.   Aquarelle.

WYLD.

59 — Bassin Sainte-Catherine, à Bruxelles.   Aquar.

ZIEM.

60 — Barques vénitiennes.   Aquarelle.

TABLEAUX

ANASTASI.

61 — Entrée de bois.

BARON.

62 — Jalousie.

BEAUMONT (Ed. de).

63 — A Montmartre.

BEAUME.

64 — Les deux amies.
65 — Moissonneuse.
66 — La Laitière et le pot au lait.

BONVIN.

67 — Le Livre d'image.

BOULANGER (Louis).

68 — La Danse.

69 — La Poésie.

70 — Femme mauresque.

71 —   Dito.

72 —   Dito.

Ces cinq tableaux proviennent du château
de Monte-Christo.

CHACATON.

73 — Arabes en voyage.

COUTURE.

74 — Tête de jeune fille.

75 — Jeune tambour.

DAUBIGNY.

76 — Une allée de la forêt de Fontainebleau.

DELACROIX (E.).

77 — L'Abreuvoir.

78 — Tigre.

DEVERIA (Achille).

79 — Andromède.

DIAZ.

80 — Causerie.

81 — Habitation turque.

DORCY.

82 — Le Nid.

83 — Tête de jeune fille.   Pastel.

DUPRÉ (Jules).

84 — Paysage, effet d'automne.

DUMARESQ.

85 — Vénus à sa toilette.

FAUVELET.

86 — Rêverie.

GARNERAY (Hipolyte

87 — Vieille ville.

GRENAUD.

88 — Le Travail.

HILDEBRANDT.

8 — Citadelle de Saint-Pétersbourg.

HINTZ.

90 — Entrée du port de Douvres.

HOGUET.

91 — Le Fort rouge à Calais.
92 — Marine.

ISABEY.

93 — La Promenade.

KIORBOE.

94 — Chiens.

LAFITTE.

95 — Chèvre et chevreaux.
96 — Chiens anglais en arrêt.